ARMANDE

COMÉDIE EN TROIS ACTES, EN VERS

PITHIVIERS
IMPRIMERIE ED. CHENU, MAIL SUD

1872

A CYRILLE COMBE

Mon cher ami,

Jusqu'à présent, tant à la Comédie-Française, qu'au Gymnase ou à l'Odéon, je n'ai encore essuyé que huit ou dix refus.

Cette petite comédie est-elle destinée à partager le sort de ses aînées ?... Je l'ignore.

Je la dédie à l'amitié, peut-être cela me portera-t-il bonheur.

Tout à toi,

ARSÈNE BEAUVAIS.

PERSONNAGES

GUIRAUT, propriétaire.
GEORGES, fiancé d'Armande.
HENRI, ami de Georges.
ALFRED.
Mme GUIRAUT, femme de Guiraut.
ARMANDE, leur fille.
MARTHE.
Une domestique.
Jeunes gens.
Jeunes filles.

Au premier acte, à Paris.
Aux deux derniers, à la campagne, chez Guiraut.

ARMANDE

COMÉDIE EN TROIS ACTES, EN VERS

ACTE PREMIER

Une Mansarde de grisette. Porte au fond. Cabinet à droite.

SCÈNE PREMIÈRE

GEORGES (*entrant*).

Personne ! Elle est sortie... où peut-elle être allée ?

(*Regardant autour de lui, et fouillant dans une boîte à ouvrage*).

Plus rien de son ouvrage... Elle a pris sa volée
Comme un charmant oiseau, pour fêter le printemps... (*silence*).
Elle ne sera pas, sans doute bien longtemps,
Car voici sa toilette à ce clou suspendue.
Elle va revenir, sa dentelle vendue.
Oh ! quand un gai rayon de soleil vient ici,
Par cet étroit vitrage, il chasse le souci,
Et l'on entend sa voix, pure comme son âme,
Défier le chagrin. Quelque chose d'infâme
Aurait-il jamais pu s'introduire en son cœur ?
Non ! Elle est toujours prête, avec un air moqueur,
A repousser, pour être à notre amour fidèle,
Les galants importuns. Dans la rue, autour d'elle,
Lorsqu'elle est à mon bras, un murmure flatteur
Arrive jusqu'à moi ! Quoi de plus enchanteur
Que cette simple enfant, blonde au visage d'ange,
Sous son chapeau léger, où la fleur se mélange
A l'or de ses cheveux... (*silence*). J'entends dans l'escalier
La voix de ma fauvette...

MARTHE (*au dehors*).

Au diable l'atelier,
Je veux pour aujourd'hui...

SCÈNE II

GEORGES, MARTHE.

GEORGES

Que veux-tu, chère Marthe ?

MARTHE (*à part ; elle est restée interdite en voyant Georges*).

Je ne l'attendais pas... (*haut*) c'est vous... (*à part*) pourvu
[qu'il parte !

GEORGES

C'est toi qui me dis : Vous ! Confesse sans détour
Que tu ne m'aimes plus...

MARTHE

Mais...

GEORGES

Je parle d'amour,
Et tu me réponds : mais...

MARTHE

Je ne sais que te dire,
Tu t'emportes...

GEORGES (*tendrement*).

Pardon, je t'aime avec délire,
Et je crains de te perdre... Ange, rassure-moi,
Un mot d'amour...

MARTHE

Un rien te met tout en émoi.

(*Froidement*).
Je t'aime, tu le sais... Je crois qu'on nous épie
Et j'appréhende fort, car le bonheur s'expie,
Que l'on vienne mettre un obstacle entre nous deux.

GEORGES

Laisse les espions, ou bien moque-toi d'eux.

MARTHE

Qui nous empêche, ami, de prendre des mesures
De prudence...

GEORGES

C'est vrai...

MARTHE

Viens à des heures sûres...
Quand le jour baisse un peu, l'on ne reconnaît pas.

GEORGES

Et puis, les rendez-vous n'en ont que plus d'appas.

MARTHE (*mielleusement*).

Cher Georges, tu comprends qu'il faut pour tout le monde
Nous voir moins souvent...

GEORGES

Quoi ! pour cette boue immonde,
Pour quelques vils bavards dont la langue médit
Et déchire, il faudra que dans un jour maudit,
Je te quitte...

MARTHE

Oh ! non, mais...

GEORGES

Et puisque nous en sommes
Sur ce point, je te dois ce que doivent les hommes
A toute femme qui, confiante en l'honneur
De son amant, ne peut le croire un suborneur.
Dans cette circonstance, un homme est vil et lâche
S'il ne répare rien ! s'il laisse cette tache
Sur le front de la femme, et s'il refuse un nom
A l'enfant qu'il en eût, est-il un cabanon
Assez infect pour lui ?... Certe, on punit des crimes
Qui près de celui-là sont des vertus sublimes !
Qu'un homme vole un pain pour nourrir son enfant,
Vite on l'envoie au bagne ; et s'il a, triomphant
D'une femme, volé son honneur par surprise,
On ne lui dira rien ! singulière méprise !
Au contraire, on aura des louanges pour lui !
Eh bien, je ne veux pas qu'on me loue, aujourd'hui ;
Je ferai mon devoir en te prenant pour femme.
Tu consens, je suppose ?...

MARTHE

Oh ! de toute mon âme !
Mais, ne seras-tu pas, mon cher Georges, blâmé :
Combien de gens, de ceux qui n'ont jamais aimé,
Trouvent stupide un homme honnête qui leur jette
Au nez leurs préjugés.

GEORGES

Bast ! pourvu que je mette
L'honneur de mon côté, je fais autant de cas
Que des propos tenus par un conseil de rats,
De leurs sages avis.

MARTHE

Si peu que tu les froisses,
Tu seras dans ton tort... Tu connais mes angoisses,
Lorsqu'avec tes parents je crains de te brouiller ;
Il ne faut pas non plus, par plaisir, chatouiller
Dans leurs faibles endroits des gens trop susceptibles.

GEORGES

Laisse donc, ces gens-là sont aussi corruptibles
Que d'autres : Que tu sois riche, et tu les verras
Accourir aussitôt, et te tendre les bras.
Le mariage n'est donc plus, pour eux, qu'un nombre
Plus ou moins élevé, laissant l'amour dans l'ombre,
De pièces de métal. N'ai-je donc pas assez
Pour choisir à mon goût...

MARTHE

Sommes-nous donc pressés ?
Notre amour peut encor pendant longtemps attendre
En les persuadant, tu peux les faire rendre,
Sans les brusquer, à tes raisons... Il sera temps,
Alors...

GEORGES

Mais, tu parlais de nous cacher...

MARTHE

J'entends
Un peu plus tard... Il est si bon de rester libre...

GEORGES

Est-ce pour ton enfant, que ton cœur ainsi vibre ?
C'est bien toi que j'entends ?... (*silence*). Pour cette liberté,
Tu t'es sans doute dit : Le sort en est jeté,
Je veux passer gaiement le temps de ma jeunesse !
Je ne m'enchaîne pas, car toute chaîne blesse !...
Tu n'as donc pas compris que la vie a son but,
Que tout n'est pas plaisir, et qu'on doit un tribut

A la société !.. Qu'il faut, pour être mère,
S'abreuver bien souvent dans une coupe amère !
Certe, il ne suffit pas de mettre un être au jour,
Pour prendre ce doux nom, ce nom tout fait d'amour !
Ce rôle par trop simple est celui de la bête ;
Encore, celle-ci, pendant un temps, allaite
Son petit, et ce n'est que lorsqu'il devient fort
Qu'elle ne veille plus sur lui !... Par quel effort
La femme ennoblit donc le rôle de la brute ?...
C'est en entreprenant une incessante lutte
Contre tous ses plaisirs ! En sacrifiant tout
A ses devoirs sacrés ! Souvent, la nuit, debout,
Quand l'enfant est petit, sa veille le protége ;
Elle guette, elle a peur du croup, et d'un cortège
De maux cruels... Plus tard, quand l'enfant a grandi,
Lorsqu'il s'élance au jeu comme un franc étourdi,
Elle doit cultiver sa jeune intelligence,
Etre à la fois sévère et pleine d'indulgence,
Gronder en caressant...

MARTHE

Ami, pardonne-moi,
Je sais bien tout cela .. C'est une sainte loi
Que Dieu grava sans doute, au fond du cœur des mères !
Pourtant, réfléchissons encor...

GEORGES

A des chimères,
N'est-ce pas ! Tu parlais, je crois, de liberté,
Suis-je donc un tyran, et toute autorité,
Lorsqu'elle part du cœur, est-elle tant à craindre !...
T'ai-je jamais donné des sujets de te plaindre ?...

MARTHE

Non.

GEORGES

Que veux-tu de plus ! suis-je assez éprouvé ?
Dis-moi, suis-je méchant ou suis-je dépravé ?

Non encor, n'est-ce pas ?... Dis, plus tard, quand ta fille
Voudra connaître aussi quelle était sa famille,
Que lui répondras-tu ?... Puis, lorsqu'elle aimera,
Et qu'alors, sur son père, on l'interrogera,
Briseras-tu son cœur, en lui disant ta honte ?
Car, ne crois pas au moins que tu feras un conte,
Cela ne se peut pas... Marthe, il est encor temps,
Ton esprit, certes, est égaré, je le sens,
Mais ton cœur ne l'est pas ! Sur le bord d'un abîme
Je te retiens... Enfant ! tu commettrais un crime
Envers ta fille et toi...

(*silence assez long*).

Tu réfléchis encor !

(*avec véhémence*).

Oh ! Marthe, réponds-moi...

SCÈNE III

LES MÊMES, ALFRED.

ALFRED (*entrant*).

Ma belle aux cheveux d'or,
On vous attend en bas, une troupe joyeuse
Vient pour vous enlever. Laisse ton ennuyeuse
Aiguille, pour courir avec nous dans les champs,
Et pour faire à l'écho redire tes doux chants.

GEORGES (*avec une colère contenue, à Alfred*).

A quel titre êtes-vous ici ?

ALFRED

Que vous importe !
Vous n'avez pas le droit de me mettre à la porte,
Pour me le demander...

GEORGES

Peut-être...

ALFRED

Qu'êtes-vous ?...

GEORGES

Vous voulez le savoir... Je suis presque un époux !

ALFRED

Presque est fort bien trouvé, monsieur. Je dois vous dire
Que c'est mon titre aussi.

GEORGES (*hors de lui*).

Vous êtes en délire,
Vous mentez...

ALFLED

Non, monsieur...

GEORGES (*avec douleur*).

Marthe, tu me trompais !
Quoi ! j'avais sur les yeux un voile assez épais
Pour ne point voir cela !... Réponds-moi, misérable !

(*Il s'avance vers elle d'un air menacant*).

MARTHE (*reculant*).

Laissez-moi... Que vous dois-je... Allez-vous-en au diable !...
N'avez-vous point senti, puisque je reculais,
Que je suis lasse enfin de vous, que je voulais
Briser bien doucement le lien qui m'enchaîne,
Et vivre désormais, libre de toute gêne !
J'aime Alfred, à présent, et ne me contrains plus.
Ne vous épuisez point en efforts superflus,

Lorsque je vous aimais, je savais vous le dire,
Je ne vous aime plus, même pour un empire,
Je ne voudrais de vous.

GEORGES

Vous avec donc été
Hypocrite à ce point !... Oui, la facilité
Avec laquelle vous déposez votre masque
Ne vient pas seulement de votre esprit fantasque :
Vous avez mauvais cœur, et, certes dès longtemps,
Vous avez dû songer à rompre... (*silence*). Tu descends
Aujourd'hui d'un degré l'échelle d'infamie...

ALFRED (*voulant l'interrompre*).

Pardon...

GEORGES (*continuant*).

Suis ton chemin. Lorsque bien endormie
Dans les bras du plaisir et d'un luxe éhonté,
Tu mèneras la vie avec rapidité,
Qu'on ne te comptera plus comme une novice,
Et que tu connaîtras tout le pays du vice,
Tu te réveilleras un jour, tenant un seau,
Et cherchant ton pain dans la fange du ruisseau !...

MARTHE

Il vous sied, cher monsieur, d'être mauvais prophète ;
Ce que vous avez dit est pour moi fort honnête !
Que vous dois-je, après tout ?... Je vous ai tout donné,
Qu'ai-je reçu de vous ?...

GEORGES

J'étais déterminé
A faire mon devoir, mais vous me rendez libre !
Seule, dans votre cœur, une corde encor vibre,
C'est celle de la honte !...

ALFRED

Ah ! vous allez trop loin,
Fâchez-vous, c'est fort bien, mais il n'est pas besoin
D'insulter une femme !...

GEORGES

A présent, on me raille...

(*à Alfred*).

A nous deux ! vous savez qu'avec moi l'on ferraille,
Quand on me prend ma place, et qu'on se moque après.

ALFRED

La partie est, ma foi, toute pleine d'attraits...
Je suis votre homme...

GEORGES

Bien. Nos témoins prendront l'heure
Et le lieu.

SCÈNE IV

LES MÊMES, HENRI, PLUSIEURS JEUNES FILLES ET JEUNES GENS.

UNE JEUNE FILLE

Mes amis, vive la joie, et meure
Le chagrin, j'ai voué ma vie au plaisir seul...

(*à Alfred*)

Est-ce que tu prenais mesure d'un linceul,
Pour être si longtemps...

ALFRED (*riant*).

Cela se pourrait faire.

HENRI (*bas*).

Qu'est-ce que tu veux dire ?...

ALFRED (*de même*).

Il me vient une affaire...
Demain, je dois me battre avec monsieur...
(*Ce dialogue a lieu à voix basse, sur le devant de la scène*).

HENRI

Comment !
Avec Georges, avec lui... Pourquoi ?...

ALFRED (*désignant Marthe*).

Je suis l'amant...

HENRI

C'est là le seul motif...

ALFRED

Je n'en connais pas d'autre.

HENRI

C'est mon ami... bientôt j'espère dire : nôtre !

AUTRE JEUNE FILLE (*à Marthe*).

Finis de t'habiller...

1er JEUNE HOMME

Allons, Marthe, un chapeau,
Veux-tu le mien... (*Il la coiffe de son chapeau*).

AUTRE JEUNE FILLE

Léon, tu mourras dans la peau
D'un fou, certainement.

MÊME JEUNE HOMME

Que sert-il d'être sage ?
Faut-il pas égayer un peu notre passage
Sur notre triste sphère...

AUTRE JEUNE HOMME

Oui...

1ere JEUNE FILLE

L'être comme toi,
C'est par trop...

1er JEUNE HOMME

Point du tout... J'ai le plus saint effroi,
Et m'en trouve fort bien, de toute chose grave.
Rien ne vaut, à mon sens, un bon verre de Grave.
Toute science qui vous donne du souci,
N'égale certes pas le dicton que voici :
« Un père est un caissier donné par la nature,
« Mais, quand il devient sourd, on serre sa ceinture. »

AUTRE JEUNE HOMME (*entrant*).

Mes amis, le cocher dit : Je crois que j'attends
Cet autre Louis quatorze...

MARTHE (*du cabinet*).

Encor quelques instants,
(*rentrant*).
Je suis à vous...

GEORGES (*à Marthe*).

Ainsi, vous êtes décidée...

MARTHE

Qu'avez-vous, maintenant, est-ce encore une idée...
Merci, j'en ai déjà beaucoup trop entendu.

GEORGES

Va ! souviens-toi plus tard qu'il n'a pas dépendu
De moi de te sauver.

Tous sortent, sauf Henri et Georges.

SCÈNE V

HENRI, GEORGES

HENRI (*pendant qu'il parle, Georges est absorbé*).

Ainsi, tu dois te battre !
Quelle est cette fureur ! Quoi ! si l'on n'est que quatre
Sur terre, il en est trois, qui se devront tuer !
N'est-ce pas ridicule ? On devrait les huer,
Tous ces buveurs de sang ! Mais point, c'est une gloire,
Aux yeux de presque tous, qu'une telle victoire !
Lorsqu'un homme a couché sur l'herbe, proprement
Son semblable, d'un coup d'épée adroitement
Porté, c'est un lion, et cela vous le pose !
Très-bas on le salue... Et qu'un autre propose
Une chose qui soit pour le monde un bienfait,
C'est un fou, dira-t-on, et son rêve est abstrait !
Heureux encor, si l'on ne lui jette la pierre,
Et si ses héritiers peuvent payer sa bière !... (*silence*).
Pour cette femme, donc, vous vous égorgerez !
La belle avance, quand l'un ou l'autre serez
Blessé ! T'en aura-t-il moins soufflé ta maîtresse !

GEORGES

Je me serai vengé !

HENRI

Tiens ! voilà qu'il se presse
De tuer l'adversaire... Et tu ne compte pas
Que tu n'es pas très sûr de sortir de ce pas !

GEORGES

Qu'importe...

HENRI

Envers toi, dis, est-il vraiment coupable !
Son crime est à mes yeux, ma foi, fort excusable :
Il voit, un jour d'été, passer sur le trottoir
Deux jambes supportant une blonde à l'œil noir,
Il les suit pas à pas. Un complaisant silence
L'encourage à pousser plus loin, alors il lance
Sa déclaration qui ne vient pas trop mal.
Puis il laisse échapper un soupir lacrymal
Assez bien accueilli... Si quelqu'un le précède,
Il l'ignore, et d'ailleurs, puisqu'il voit que l'on cède,
Et qu'il ne jette pas à la porte un ami,
Pourquoi laisserait-il sa conquête à demi
Vaincue !

GEORGES

Eh ! je veux bien qu'il ne soit pas coupable,
En suis-je moins trompé ?

HENRI

Je te trouve admirable !
Tu n'es pas marié... Quel peut-être ton droit ?...
Ton esprit devient donc, tout-à-coup, bien étroit,
Que tu ne comprends pas cela...

GEORGES

Je suis très-bête,
Et j'irais volontiers flanquer des coups de tête
Dans des moulins à vent.

HENRI

Diable ! il faut te guérir.
Ta Marthe ne vaut pas qu'on se tue à courir

Après tous ses galants... Laisse être Don Quichotte,
Quelque fou fieffé... Pour cette triste sotte,
Il ne faut pas verser un sang trop précieux :
Songe que ton enfant, cet ange radieux,
N'a plus que toi...

GEORGES

Je doute, à présent que ma vue
N'a plus de bandeau noir, que l'enfant soit issue
De moi...

HENRI

Pauvre petite ! Elle n'a pas un trait
Qui ne soit tien ! Peux-tu la renier... c'est laid !
D'ailleurs, depuis longtemps, je te le voulais dire,
Marthe t'avait trompé. Mais est-il rien de pire
Que jouer ce métier sinistre d'espion !
Tu le sais, je ne suis rien moins que champion
De Marthe, eh ! bien, avant de te donner ta fille,
Elle était digne encor de toi... Paris fourmille,
Cher, de ces femmes-là : Le plaisir est leur but !
Vertueuses un jour, demain c'est le rebut,
L'écume de la rue ; et pour un seul caprice,
Volontiers, comme Marthe, elles font sacrifice
De l'avenir.

GEORGES

Allons, j'accepte tes conseils,
Et je voudrais avoir quelques amis pareils
A toi. D'autres m'auraient forcé presque à me battre,
Mais avec toi, je vois que l'on en peut rabattre,
Et que si l'on dédaigne un affreux préjugé,
On n'est pas pour cela dans les lâches rangé.
Tu seras mon témoin, mais pour tout autre chose.
Par ton raisonnement, je vois ma bouche close,
Je ne veux pas punir un pauvre être innocent,
Parce qu'une mère a pu renier son sang.
Je ne veux pas tremper mes mains dans cette honte,
Je vais la reconnaître, et pour cela je compte
Sur toi.

HENRI

Je l'aime mieux ainsi que pour un duel,
Car mes principes sont contre ce jeu cruel.

GEORGES

Tu me rendras encore un important service,
Mais, celui-ci d'abord... Cet enfant, c'est un vice
Aux yeux de ma famille, il faut le lui cacher.

HENRI

J'irai te le mettre où l'on n'ira pas chercher,
Bien que je ne sois pas de ton avis...

GEORGES

Encore
Un mot, que cet endroit, Marthe à jamais l'ignore,
De peur que son contact ne la...

HENRI

Sois sans effroi,
Là-dessus...

GEORGES

Cette femme, elle est morte pour moi.

ACTE DEUXIÈME

Un salon bourgeois chez Guiraut ; porte au fond ; portes à droite, premier plan et troisième plan. Fenêtre à gauche.

SCÈNE PREMIÈRE

ARMANDE, GEORGES

(*Armande est assise sur un canapé, à gauche, 1er plan ; Georges est à côté d'elle sur un pouf.*)

GEORGES

Chère Armande, enfin, c'est aujourd'hui le grand jour,
Et tu peux sans rougir entendre mon amour !
Je vois réaliser mon doux, mon divin rêve,
Je vais jouir d'un bonheur immense, auquel je rêve
Depuis longtemps... Mon ange, Armande, m'aimes-tu ?...

ARMANDE

Pour un autre que vous, mon cœur a-t-il battu !
Si cet aveu que vous m'avez fait tout à l'heure
N'a pas su me changer, ce n'est donc pas un leurre,
Que mon amour...

GEORGES

C'est vrai ! Cet aveu que j'ai craint
Si longtemps de te faire, auquel j'étais contraint
Par ma conscience. Oh ! n'est-ce pas, je puis croire
Que tu m'as pardonné... ce n'est point illusoire !
Je doute si je vis ! Si près de mon bonheur,
S'il allait m'échapper !

ARMANDE

Oh ! Georges...

GEORGES

Mon honneur
Ne me force-t-il pas de tout dire à ton père,
Avant... et si...

ARMANDE

Mon Dieu...

GEORGES

Ne crains plus rien... Espère,
Tu m'as bien pardonné...

ARMANDE

Si vous ne disiez rien,
Jusqu'à ce que l'on ait consacré le lien
Qui nous doit unir...

GEORGES

Non ! j'aurais trop de reproches
A m'adresser plus tard... Si l'on n'a de ses proches
Point d'espoir de pardon, qui peut être indulgent !
Pour ton père, d'ailleurs, ce serait outrageant
De penser qu'il pusse être envers moi si sévère :
Suis-je pas de son sang, puisque ma pauvre mère
Etait sa sœur !...

ARMANDE

C'est vrai, sa sœur qu'il adorait !
Et cela me rassure... Oh ! non, il ne voudrait,
Fût-ce que par respect pour sa chère mémoire,
Etre la cause en quoi que ce soit, d'un déboire
Pour elle ou bien pour vous !

GEORGES

Oh ! dis-moi, chère enfant,
Si le malheur voulait que ton père, étouffant
Des sentiments si doux, ne pardonnât ma faute
Et rompit nos projets...

ARMANDE

Je ne veux pas qu'on m'ôte
Mon bonheur !

GEORGES

Supposons... Dis-moi, que ferais-tu ?

ARMANDE

Cette question m'est posée à l'impromptu...
Je n'ai jamais pensé...

GEORGES

Cherche, Armande, en ton âme
Ce que tu ferais...

ARMANDE

Moi !... Pour être votre femme,
J'attendrais que mon père enfin fut revenu
De sa colère...

GEORGES

Bien... Ton amour ingénu
T'inspire...

ARMANDE

Et ne pourrais-je employer quelque ruse,
Quelqu'innocent détour que la douleur excuse ?...

GEORGES

Si c'est absolument nécessaire, on le peut.
D'ailleurs, pour l'attraper, souvent le bonheur veut
Qu'on l'achète un peu cher.

ARMANDE

Enfin, quoiqu'il arrive,
Que de chez lui mon père aujourd'hui vous proscrive,
Qu'il veuille de mon cœur vous chasser à jamais,
Qu'il oublie un moment que si je vous aimais,
C'était de son aveu, je jure sur mon âme
Que tôt ou tard, un jour, je serai votre femme
Et qu'un autre que vous ne pourra point trouver
Une place en mon cœur !...

GEORGES

Oh ! je puis tout braver,
Maintenant que je sais jusqu'à quel point tu m'aimes !
(*à part*).
Mes craintes envers elle étaient d'affreux blasphêmes,
Pauvre ange !...

SCÈNE II

LES MÊMES, HENRI

HENRI (*entrant par le fond*).

Etes-vous prêts...
(*saluant Armande*)
Madame...

ARMANDE

Oh ! pas encor,
Mais bientôt, je l'espère...

GEORGES

Ah ! tu sais, cher Mentor,
Ce dont je t'ai parlé...

HENRI

Tu peux donc t'y résoudre ?...

GEORGES

Ce n'est pas un péché que l'on ne puisse absoudre,
D'ailleurs, la loyauté ne le veut-elle pas !

HENRI

Certe, et je t'applaudis... Peut-être est-ce un faux pas
Que tu vas faire là, mais il est nécessaire.
Tant que tu te cachâs, je fus ton adversaire,
Je t'en estime plus, et je te tends la main.
Ton oncle, je le crois, n'est pas un inhumain :
Il te pardonnera surtout pour ta franchise.
Et toi, ne m'en veux pas, si je te cathéchise.

GEORGES

Cher ami, je ne sais comment te témoigner
Tout ce que je te dois, pour ne point répugner
A faire ces aveux...

HENRI (*lui montrant Armande*).

Fais qu'elle soit heureuse !
Tu vas clore, aujourd'hui, ta vie aventureuse,
Un tout autre avenir s'éclaire devant toi,
Mais je sais que l'on peut te donner sans effroi
Ce trésor de beauté, de douceur et de grâce !
Cet éloge un peu brusque, enfant, vous embarrasse,
Oh ! n'en rougissez pas : Toujours à haute voix
Je dis ce que je pense.

GEORGES

Et souvent tu te vois
Pour cela mal reçu...

HENRI

Je déplais, je m'en doute,
A plus d'un ; que m'importe ! Eh si l'on me redoute,
C'est que, si je suis vrai, je suis peut-être dur
Quelquefois pour le vice. Est-il rien, plus impur,
Bas, lâche, vil et plat que cette fourberie
Que, par politesse, on appelle flatterie !

SCÈNE III

LES MÊMES, GUIRAUT, Mme GUIRAUT
(Ils entrent par la porte, 3me plan)

GUIRAUT

Bravo ! mon cher Henri, je vous reconnais là !
Je suis de votre avis, et c'est parler, cela !
Envers et contre tous, soyons francs, et peut-être,
Ne nous aimât-on pas, on saura reconnaître,
Malgré plus d'un esprit jaloux et persifleur,
Qu'un homme franc n'est pas de minime valeur !
Mais, songeons à partir...

Mme GUIRAUT *(elle se jette en pleurant dans les bras d'Armande).*

Mon Armande chérie !...
Ne me semble-t-il pas, dans mon idolâtrie,
Que tu ne seras plus à moi comme autrefois !

ARMANDE

Oh ! quoique partagé, chère mère, tu crois,
N'est-ce pas, que mon cœur sera toujours le même !

Que de près ou de loin, ta chère Armande t'aime !
Que le monde fût-il entre nous, nous serions
Le cœur contre le cœur !

Mme GUIRAUT

Oui ! nous nous aimerions,
La mort fût-elle là, sinistre et menaçante ;
Dût-elle de sa bouche horrible et grimaçante,
Vomir sur notre amour tous ses hideux poisons !

GUIRAUT (*à sa femme*).

Soyez donc raisonnable... Avez-vous des raisons
Pour pleurer ?...
(*à Georges et Henri, bas*).
Mes amis, abrégeons cette scène...
(*haut*).
On nous attend...

HENRI

Pardon, quelque chose me gêne,
Et je veux vous le dire, avant notre départ.
(*bas à Guiraut*)
Mais, il nous faudrait mettre un peu plus à l'écart.

GUIRAUT (*indiquant la porte de droite*).

Passons là, s'il vous plaît.

HENRI (*à Mme Guiraut.*

Veuillez venir, madame.

(*Ils entrent tous trois dans le cabinet de Guiraut, au 1er plan*).

SCÈNE IV

GEORGES, ARMANDE

ARMANDE

Je dois vous l'avouer, j'ai quelque crainte en l'âme !

GEORGES

Tu m'aimes, mon Armande, et cela me suffit !
Ton amour est déjà l'inattendu profit
Du mien. Qu'importe donc ce qu'ici se prépare ;
Qu'importe qu'un temps plus ou moins long nous sépare,
Si nos cœurs sont certains de ne pas s'oublier !
Henri fait ses efforts, certes, pour pallier
Mes fautes, mais, il peut ne point toucher ton père !
Il faut s'attendre à tout.

ARMANDE (*prêtant l'oreille*).

Point d'éclat !... Ah ! j'espère... (*silence*).
Grand Dieu !.. l'entendez-vous ?... Il élève la voix...
Tout est perdu...

GEORGES

Qui sait...

ARMANDE

Oh ! mon Dieu, j'entrevois
Une scène entre vous, je ne veux pas l'entendre...
Adieu...

GEORGES

Non, pas adieu !

(*Armande sort*).

Pour moi, je veux attendre,

Affronter l'ouragan... Que me reproche-t-on ?
Si je n'avais... Mon oncle élève un peu le ton...
Les voici...

SCÈNE V

GEORGES, GUIRAUT, Mme GUIRAUT, HENRI

HENRI

Mon ami, tu n'as plus rien à faire
Ici... Monsieur Guiraut ne veut, dans sa colère,
Rien écouter...

GEORGES

Pourtant...

GUIRAUT (*hors de lui*).

Sans doute il osera
Se disculper...

GEORGES

Non pas... je veux...

GUIRAUT

On le verra
Nous imposer encore... A bon droit, je m'étonne
De vous voir en ces lieux...

GEORGES (*très-calme*).

Mais...

GUIRAUT (*écumant*).

Voyez, sa voix tonne,
Et tout à l'heure, il va nous rejeter ses torts !...

GEORGES (*calme*).

Contre une malheureuse erreur, vous êtes forts !
Et, qu'eussiez-vous donc dit, si, laissant mes scrupules
(Je l'eusse fort bien pu, vous étiez si crédules,
Qu'à vos yeux je passais pour un nouveau Caton),
Je n'eusse, me moquant de vos qu'en dira-t-on,
Avoué tout cela qu'en sortant de l'Eglise ?
Quoi ! vous me punissez pour un peu de franchise,
C'est me payer bien mal, car rien ne me forçait
A faire ces aveux.

GUIRAUT

A présent que l'on sait
Tout ce que vous valez, me faudra-t-il vous dire
Que...

HENRI

Nous sommes de trop... non, cela doit suffire,
Et nous nous retirons...

GEORGES

Tout en vous souhaitant
De ne pas regretter ce refus insultant.
(*Georges et Henri sortent*).

SCÈNE VI

GUIRAUT, Mme GUIRAUT

Mme GUIRAUT

Pauvre Armande qui l'aime !...

GUIRAUT

Allons, bon, à cet âge

L'amour ne peut encore avoir fait de ravage
En son cœur...

Mme GUIRAUT (*ironiquement*)

Croyez-vous...

GUIRAUT

Laissez, elle oubliera
Georges facilement...

Mme GUIRAUT

Son cœur en saignera
Plus que vous ne pensez...

GUIRAUT

Ah ! voilà bien les femmes.
Tout est perdu, lorsqu'on jette l'eau sur leurs flammes !
Pour m'avoir épousé, madame, êtes-vous morte ?

Mme GUIRAUT

Non... (*à part*). mais j'ai bien souffert !

GUIRAUT

Eh ! l'on fera de sorte
Qu'Armande veuille un jour prendre un autre mari
Que mon neveu...

Mme GUIRAUT

Comment ?

GUIRAUT

Je vous fais le pari
Que dans deux mois, elle est complétement guérie !

Mme GUIRAUT

Monsieur, je ne crois pas à la sorcellerie.

GUIRAUT

Je ne suis pas sorcier.

Mme GUIRAUT (*ironiquement*).

Je le sais.

GUIRAUT

Cependant,
Je vous assure moi, que le plaisir aidant,
Nous la ramènerons tout à fait consolée.
Voici trois ans bientôt, je crois, qu'elle est allée
Avec sa tante aux eaux : Vous savez quel plaisir
Elle eût de ce voyage. Elle a même un désir
D'y retourner, eh ! bien, partons aujourd'hui même,
Toute distraction, j'ai foi dans mon système,
Calme un cœur, et d'amour l'a bientôt affranchi !
D'ailleurs, vous la verrez au retour de Vichy.

Mme GUIRAUT

Vous devrier, monsieur, crier comme Archimède :
« Euréka ! » Pour avoir découvert ce remède !
Et vous êtes certain de l'efficacité
De ce voyage contre un amour entêté ?
Nous verrons...

SCÈNE VII

LES MÊMES, ARMANDE

ARMANDE (*à part, en entrant*).

Vous venez de me tendre la perche,

Cher père, en me donnant le moyen que je cherche.
(*haut*).
Où donc est Georges... Nous allons être en retard ?

Mme GUIRAUT (*bas à Guiraut*).

Allons, monsieur, trouvez, tout en ayant égard
A son amour pour George, un moyen de lui dire
Ce que vous décidez...

GUIRAUT (*à part*).

Diable ! rien ne m'inspire
Un détour, pour trancher la situation...

ARMANDE

Quel est votre embarras ?... Quelque réflexion
Mauvaise, est donc venue abattre votre joie ?... (*silence*).
Dieu ! que s'est-il passé ?... Faudra-t-il que je croie
Qu'un malheur...

GUIRAUT

Non, ma fille, au contraire.. (*à part*). Allons bon !
J'allais lui dire : C'est un bonheur !... Un bonbon
Consolerait bien vite une petite fille,
Mais, à son âge, c'est d'un mari que l'on grille...
Abordons fermement... (*haut*). Armande, tu conçois
(*cherchant ce qu'il veut dire*).
Qu'il est... tu... comprends...

ARMANDE

Non, père...

GUIRAUT (*à part*).

Je m'aperçois
Qu'on ne sait pas toujours parler à l'innocence !
(*haut*).
Georges nous a trompés.

ARMANDE

Comment ?...

GUIRAUT

Et son absence
A cette heure ne peut autrement s'expliquer...

ARMANDE (*feignant l'impatience*).

Mais, dites-moi, mon père...

GUIRAUT

Et j'ai dû provoquer
Une rupture...

ARMANDE

O ciel !

Mme GUIRAUT (*l'attirant sur son sein*).

Viens, ma pauvre enfant, pleure,
Cela soulage...

ARMANDE (*pleurant*).

Oh ! oui... (*à Guiraut*). Pourquoi donc, tout à l'heure,
Faisiez-vous son éloge ?... Est-ce là.... tout à coup,
Qu'il a failli ? ..

GUIRAUT

Non pas... Il calculait son coup,
Pour frapper à l'instant qu'on ne pourrait plus rompre !
Il n'avait pas pensé qu'on voulût interrompre
Sa fourberie, alors....

ARMANDE (*l'interrompant*).

S'il a fait un aveu,
Ne peux-tu pardonner, cher père, à ton neveu ?

GUIRAUT

On ne pardonne pas une pareille faute,
Et je veux que les miens marchent la tête haute.

ARMANDE

Est-ce un crime si noir ?

GUIRAUT (*s'oubliant*).

Sans doute, il a séduit
Une femme... (*à part*). Parler un peu trop vite, nuit.

ARMANDE

Oh ! grand Dieu...

GUIRAUT

N'est-ce pas, tu le trouves indigne
De toi ! Tu ne veux plus, toi blanche comme un cygne,
De ce vaurien...

ARMANDE

Mon père, il ne faut pas juger,
(Sous peine quelquefois, de se voir obliger
A se blâmer aussi), trop durement les autres :
Pour condamner autrui, considérons les nôtres,
Et voyons s'ils n'ont pas, par hasard, plus péché
Que nos voisins...

GUIRAUT

Tu veux absoudre un débauché !

Mme GUIRAUT

Enfant, que signifie un semblable langage ?

ARMANDE (*à part*).

Parlant ainsi, je vais attirer un orage
Sur moi...

GUIRAUT

Parleras-tu...

Mme GUIRAUT

Calmez-vous, mon ami...

GUIRAUT

Son visage paraît l'accuser à demi...

Mme GUIRAUT (*à Armande*).

Voyons, que veux-tu dire ?

ARMANDE

Oh ! je suis bien coupable...

Mme GUIRAUT

Enfant, dis-nous en quoi tu peux être blâmable.
Ce n'est sans doute pas si grave que tu crois.

ARMANDE

Vous faire cet aveu m'est une lourde croix ;
Je ne mérite pas de pardon...

Mme GUIRAUT

Mais, encore ?...

ARMANDE

Vous savez mon voyage avec ma tante Laure...

Mme GUIRAUT

Tu restas, avec elle, absente près d'un an.

ARMANDE

Nous allâmes d'abord en Bretagne, à Dinan,
Pour voir ce vieux parent qui...

GUIRAUT (*vivement*).

C'est bien, continue...

ARMANDE

Mais ayant éprouvé quelque déconvenue,
Ma tante, tout à coup, voulût partir aux eaux.
Je l'y suivis...

GUIRAUT

Eh ! bien...

ARMANDE

Là, commencent mes maux.
Laure a pris le plaisir comme but de sa vie,
Vous le savez... Pour rien, de suite elle dévie
Du chemin qu'elle s'est tracé...

Mme GUIRAUT

Nous le savons...

GUIRAUT

Elle courait au bal, jusque dans les bas-fonds
De l'enfer...

ARMANDE

Avec elle, on est toujours en quête
De courses, de concerts, ou de toute autre fête.
Elle me laissait donc, sans trop veiller sur moi.
Une lettre de vous, nous mit tout en émoi :
Mon père nous pressait de rentrer, et ma tante
S'apercevait alors, mais avec épouvante,
D'une faute...

Mme GUIRAUT

Grand Dieu !

ARMAMDE

Nous restâmes... Difficile à cacher...

GUIRAUT

Ta faute ?...

ARMANDE (*tombant à genoux*)

Hélas ! On peut pêcher
Par ignorance, et c'est, je crois, le seul reproche
Qu'on puisse m'adresser... (*à part*) Heureusement j'approche
De la fin...

GUIRAUT

Et quel est ?...

ARMANDE

Il nous suivait partout,
Il m'aimait, je ne sus point résister...

GUIRAUT (*ironiquement*).

C'est tout !
(*lui arrachant sa couronne de mariée*).
Misérable !... son nom ?...

Mme GUIRAUT (*protégeant Armande*).

Laissez-la...

ARMANDE (*toujours à genoux, très confuse.*

Notre fille...

Mme GUIRAUT

Ah ! ciel...

GUIRAUT (*furieux*).

Sa fille !... Hein, quoi !... c'est qu'elle ne sourcille
Pas... Son nom, son nom, vite...

Mme GUIRAUT (*abasourdie*).

Un enfant !...

GUIRAUT

Oh ! je cours
Le tuer... Allons vite, et sans plus de discours,
Son nom !...

ARMANDE (*faiblement*).

Georges...

GUIRAUT

C'est lui...

Mme GUIRAUT

Georges !...

GUIRAUT

Le Misérable !
Mais, il va le payer !...

Mme GUIRAUT

Il serait préférable
Qu'on courût le chercher, et qu'on les mariât :
L'union est le seul remède immédiat.

GUIRAUT

Oui, vous avez raison... Je cours, je le ramène.

Mme GUIRAUT

Mais, vous l'avez chassé, s'il vous a pris en haine !

GUIRAUT

J'espère bien que non... Et sans doute il s'attend
A ce qu'on le rappelle...

Mme GUIRAUT

Allez...

GUIRAUT

Dans un instant,
Je vais l'avoir rejoint... (*Il sort*).

ARMANDE (*à part*).

Pourvu qu'il me comprenne,
Qu'il devine, en un mot, que sa faute est la mienne !

SCÈNE VIII

ARMANDE, Mme GUIRAUT

Mme GUIRAUT (*avec un ton de doux reproche*)

Pourquoi n'as-tu pas eu de confiance en moi ?...

ARMANDE

Mère, si tu savais quel était mon effroi...

Mme GUIRAUT

Es-tu certaine, au moins, que tout le monde ignore,
Méchante enfant...

ARMANDE (*vivement*).

Oh ! oui.

Mme GUIRAUT

Car cela déshonore !

ARMANDE

Je te réponds que nul ne le sait...

Mme GUIRAUT

Dans ce cas,
C'est fort heureux pour nous...

ARMANDE (*à part*).

Au moins, je ne mens pas.

Mme GUIRAUT

L'enfant ?

ARMANDE

Est en nourrice, au loin, dans la campagne.

Mme GUIRAUT

Dans trois jours, vous pourrez partir en Allemagne,
N'importe où... pour longtemps... cinq ou six ans, au moins...
Lorsque vous reviendrez, que d'indiscrets témoins
Voient votre fille grande, elle n'a pas son âge
Affiché sur son front !... Craignons l'espionnage :
L'honneur ne doit jamais rester à découvert !...
Pauvre enfant, si ton cœur au mien s'était ouvert,
J'aurais pu t'épargner bien des instants pénibles !

ARMANDE (*à part*).

Si je lui disais tout...

Mme GUIRAUT

Nous sommes tous faillibles ;
Mais, le cœur d'une mère a-t-il pu se fermer
Pour une enfant chérie !... Il ne sait rien qu'aimer !

ARMANDE (*à part*).

Non, taisons-nous encor, par prudence...

Mme GUIRAUT

Ta tante
Etait dans ton secret... Je suis bien mécontente
D'elle, car c'est sa faute : Elle eût dû moins danser,
Et rester près de toi... Mais, j'irai la tancer
D'importance... Se faire ainsi presque complice
Du séducteur...

ARMANDE (*avec componction*).

Hélas ! c'était bien sans malice !

Mme GUIRAUT

Enfin, on n'abandonne...

ARMANDE

Elle ne pensait pas,
Je t'assure, à cela...

Mme GUIRAUT

Mais, c'est être Judas,
Que nous trahir ainsi !

ARMANDE

Mère...

Mme GUIRAUT

Quand vous revîntes,
Elle pouvait nous dire...

ARMANDE

Oh ! rien, avec ses craintes !
Elle appréhendait trop les reproches sanglants

De mon père et les tiens... Et ses soins vigilants
M'aidèrent à cacher à tous les yeux ma faute.

Mme GUIRAUT

Ta faute !... C'est la sienne... Oh ! va, mon cœur en saute
De colère contre elle...

ARMANDE

Et lui pardonnes-tu,
A lui !...

Mme GUIRAUT

Lui ?...

ARMANDE (*bas*).

Georges...

Mme GUIRAUT

Non ! Il m'a pris ta vertu,
Mon trésor et ma joie, enfin, ma récompense...
Comprends-tu bien cela ?...

ARMANDE

Certes, mère, et je pense
Que tu pourrais...

Mme GUIRAUT

Non pas... Sais-tu bien, mon enfant,
Que le cœur d'une mère est toujours triomphant,
S'il peut s'enorgueillir ; que son bonheur repose
Sur sa fille, son tout ! Pour elle, tout est rose,
Lorsqu'on voit l'innocence éclater sur ce front !
Que l'on peut là fixer, sans lui faire un affront :
Elle ne comprend pas !... Sa fille est son ouvrage :
N'a-t-elle pas mis tout son cœur et son courage,
Pour la former comme elle ! Et, n'est-ce pas son bien,
La pureté qui sert entre elles de lien !

Lorsque tout est perdu, la mère perd son âme,
Elle perd sa croyance... Enfin, lorsqu'un infâme
A séduit son enfant, c'est la mort de son cœur !

ARMANDE (*à part, pleurant*).

Oh ! qu'il me coûte cher à prendre, mon bonheur !

Mme GUIRAUT

Allons sèche tes yeux qui sont remplis de larmes ;
Pour plaire à ton époux, il faut garder tes charmes :
Sois belle, puisqu'enfin, tu n'as plus que cela !

ARMANDE (*à part*).

Je n'y tiens plus... Il faut... Quelqu'un...

Elles sortent par la gauche.

SCÈNE IX

UNE DOMESTIQUE, MARTHE

LA DOMESTIQUE (*elle introduit Marthe*).

Attendez là,
Madame... (*Elle sort*).

MARTHE (*seule*).

C'est ici... J'arrive à temps, sans doute...
Pauvre Armande ! Je vais te le mettre en déroute,
Ce trompeur !... Puis, après, je partirai, le cœur
Soulagé !... Comment donc fait-il ce beau vainqueur,
Pour attirer vers lui cette âme pure et douce !
Je n'en sais rien... Je sais qu'il la trompe et qu'il pousse
L'audace, jusqu'à dire à cette pauvre enfant
Qu'il n'a jamais aimé qu'elle... Mais, un instant,
Je suis là... Chère Armande ! Oh ! je ne suis plus digne

De ton affection !... Mais, quel bonheur insigne
J'éprouve à te sauver... Je ne la verrai pas,
Car je veux qu'elle ignore, au moins, tous mes faux pas !
J'aurais trop à rougir !...

LA DOMESTIQUE (*rentrant*).

C'est dans cette autre pièce,
Madame, que m'avait commandé ma maîtresse,
De faire attendre...

MARTHE (*la suivant machinalement*).

Bien... Je ne puis l'épouser...
Qui sait ! Pour son enfant !... Je puis toujours oser !
(*Elle entre au premier plan*).

ACTE TROISIÈME

Même décor.

SCÈNE PREMIÈRE

Mme GUIRAUT, ARMANDE

Mme GUIRAUT

Ne te semble-t-il pas qu'au bout de cette rue,
Ce sont eux...

ARMANDE

Non, ma mère...

Mme GUIRAUT

Oh! que je suis émue!
Voudra-t-il revenir? ne le voudra-t-il plus?
Je crains qu'on fasse là des efforts superflus!

ARMANDE

Quelque chose me dit : courage et confiance!
Mère, espérons...

Mme GUIRAUT

Je suis à bout de patience;
Je suis sur des charbons... (*regardant à la fenêtre*), ne les [as-tu point vus.
A l'instant... Je mets dans les bonheurs imprévus
Ce retour, sur lequel je ne compte plus guère.

ARMANDE

Ils s'expliquent sans doute... (*à part*). Et je crains que mon [père,
En dise trop à George ... Il pourrait de nouveau
Me tout brouiller...

Mme GUIRAUT

En vain, j'épuise mon cerveau,
Je ne vois pas pourquoi ce retard se prolonge... (*silence*).
J'entends ouvrir la porte....

ARMANDE

Oui... (*silence*).

Mme GUIRAUT

Rien... mon cœur se plonge
Dans des perplexités atroces..

ARMANDE

Les voici...

Mme GUIRAUT

Ah !

ARMANDE (*à part*)

Je ne tremble plus...

Mme GUIRAUT

Ton père a réussi !

SCÈNE II

LES MÊMES, GUIRAUT, GEORGES

GUIRAUT (*entrant*).

Ah ! ce n'est pas sans peine.... Enfin, l'honneur d'Armande
L'a pu seul décider...

GEORGES

Oui, mais je vous demande
En quoi cela peut-il toucher à son honneur ? ..

GUIRAUT

Elle a tout avoué, Monsieur le suborneur !
(*Pendant une partie de cette scène, Armande fait à Georges des signes que celui-ci ne comprend pas*).

GEORGES

Avoué, quoi ?

ARMANDE

J'ai dit que...

GEORGES

Je cherche à comprendre...

GUIRAUT

Il n'est plus nécessaire, à cette heure, de prendre,
Puisque nous savons tout, ce visage ahuri..

GEORGES

Pour un peu, je croirais qu'il s'agit d'un pari.
Que savez-vous ?

GUIRAUT.

Parbleu ! nous savons qu'elle est... mère.

GEORGES (*ébahi*).

Elle est...

ARMANDE (*vivement*).

Oui, mon ami...

GEORGES (*à lui-même*).

La pilule est amère...
Et pourquoi, s'il vous plaît, me faire revenir?

GUIRAUT

Comment, vous refusez ! vous avez pu ternir
L'honneur d'Armande, et vous...

ARMANDE (*bas à l'oreille de Georges, dont elle s'est peu à peu rapprochée*).

Mon enfant, c'est le vôtre !
N'allez pas croire, au moins, que c'en puisse être un autre !

GEORGES (*ne comprenant pas encore*).

Et vous avez pensé...

ARMANDE (*bas et très-vite*).

Georges, vous perdez tout.

GUIRAUT

De quoi t'étonnes-tu ?

GEORGES (*finissant par comprendre*).

De rien... Je suis à bout,
Je dois tout confesser...
(*Armande lui serre la main*).

Je niais pour Armande,
Ignorant qu'elle eût fait l'aveu qu'on me demande,
Car je ne voulais pas qu'on lui pût reprocher
Un crime, pour lequel elle n'a pu pêcher,
Candide comme elle est...

GUIRAUT (*à part*).

Eh ! bien, il est bon diable !
De pareilles candeurs, J'en sais à l'amiable !
Enfin, puisqu'il le croit, il le doit bien savoir.

GEORGES

Je suis prêt, maintenant, pour faire mon devoir,
A lui rendre l'honneur, en réparant ma faute.

GUIRAUT

Et tu pourras alors porter la tête haute.

SCÈNE III

LES MÊMES, HENRI

HENRI (*à part, en entrant*).

Il m'avait cependant semblé l'apercevoir...
Pourquoi vient elle ici ?... Je le voudrais savoir,
Afin de déjouer ses projets...

GUIRAUT (*Il rit en voyant l'air inquiet d'Henri*).

Quel air sombre !
Que complotez-vous donc ?

GEORGES

Quelque crime dans l'ombre....

HENRI

Je vous le conterai, lorsque nous reviendrons,
Le temps presse, partons. Plus tard, nous en rirons.

GUIRAUT

Allons, les mariés, en route...

GEORGES (*à Armande*).

Ah ! votre voile
Est un peu déchiré...

GUIRAUT

Si c'était de la toile,
Cela résisterait...

Mme GUIRAUT

J'y fais un petit point,
Et nous sommes à vous...

GUIRAUT (*pris d'une réflexion soudaine*).

Diable ! elle ne peut point.
Rester en blanc ! Il faut la changer de toilette !

HENRI (*étourdiment*).

Tiens, pourquoi ?...

GEORGES (*lui pinçant le bras*).

Chut ! tais-toi...

HENRI (*à part*).

L'innocente fillette
Aurait-elle accroché, dans un sentier désert,
Quelque touffe épineuse ?... On aura découvert
Le pot aux roses... C'est pour cela que le père

A déridé son front, et n'est plus si sévère
Que ce matin...

GUIRAUT

Allez la changer,

Mme GUIRAUT (*à part*).

Pour mon cœur,
Voilà le coup fatal.... Quelque rire moqueur
Va peut être accueillir ma pauvre enfant !...

ARMANDE (*avec des sanglots dans la voix*).

(*à part*). Ma mère,
Montons.... Mon Dieu ! courage, et bientôt, je l'espère,
Je pourrai dire tout !... Il faut encore garder
Le silence !

GEORGES (*à part*).

Son cœur est près de déborder !
(*Armande et Mme Guiraut sortent par la porte au 3e plan*).

GUIRAUT

Je fais, pendant ce temps, avancer les voitures.
(*Il sort*).

SCÈNE IV

HENRI, GEORGES

HENRI

Or çà, conte moi donc par quelles aventures...

GEORGES

Chut! vois auparavant si l'on n'écoute pas...
(*Henri va voir aux portes du fond et du 3e plan*).

HENRI

Non... rien... Tu peux parler...

GEORGES

Tu connais l'embarras
Dans lequel je m'étais plongé, par ma franchise.

HENRI

J'avais même regret, s'il faut que je le dise,
De t'avoir conseillé : Ton cher oncle Guiraut,
En agissant ainsi, ne méritait pas trop
Que tu fisses l'aveu...

GEORGES

Mais, voici mon histoire :
Désespérée, Armande a pu leur faire croire,
Afin de rattraper son bonheur qui fuyait,
Qu'elle est, la pauvre enfant, coupable d'un méfait
Qui touche son honneur.... Et qu'il est, de sa faute,
Résulté....

HENRI

Je comprends....

GEORGES

Alors, mon oncle saute
De colère, et demande avec rage le nom
Du séducteur....

HENRI

Eh bien ?

GEORGES

Tu devines ?...

HENRI

Mais non !...

GEORGES

Qui veux tu que ce soit, si ce n'est....

HENRI (*avec explosion*).

Imbécile !
Et moi qui l'accusais ! qui raillais.... C'est facile
De devenir un sot.... Pour un tel dévouement,
Je souriais déjà malicieusement,
Je me croyais bien fin, spirituel, peut être !
Va donc manger du foin ! Dans les champs, va donc paître,
Bélître ! On t'a laissé sans doute un gros chardon !
Je devrais, à genoux, lui demander pardon !

GEORGES

Un instant, comme toi, j'ai pu croire coupable
Cet ange !

HENRI

Seulement penser qu'elle est capable
De cela, c'est indigne ! (*silence*). Ah ! morbleu, j'oubliais,
De te parler, avec mes soupçons de niais,
D'une rencontre étrange, et qui pourrait bien mettre
Encore une fois, au gros temps ton baromètre,
Si nous ne nous pressons.

GEORGES

Et qui donc as-tu vu ?

HENRI

Marthe ! (*Marthe paraît en entendant son nom, à la porte du cabinet*).

GEORGES

Marthe !...

MARTHE (*à part*).

Mon nom...

HENRI

Voilà de l'imprévu,
N'est-ce pas ?

GEORGES

Et quel est son but ?

HENRI

Oh ! je l'ignore,
Mais, cela ne doit pas nous effrayer encore :
Peut être le hasard l'a-t-il conduite ici.
Pour quelque affaire...

MARTHE (*à part*).

Non pas...

GEORGES

C'est peut être aussi
Pour troubler notre joie...

HENRI

Oh ! non, c'est impossible
Qu'elle sache...

SCÈNE V

LES MÊMES, MARTHE

MARTHE

Pourquoi ?... C'est très compréhensible :
J'ai ma police à moi. Tout ce que Monsieur fait
On m'en informe... (*à Georges*). Allons, vous êtes tout défait,
Remettez-vous un peu... Je ne suis pas terrible...

HENRI (*railleur*).

Oh ! non... non, je vous crois...

MARTHE

Je suis même sensible.

HENRI

Trop, on le sait...

MARTHE

Monsieur, je ne vous parle point.

HENRI (*à part*).

A sa cuirasse, on doit pouvoir trouver un joint.

GEORGES (*à Marthe*).

Que voulez-vous de moi ?

MARTHE

Presque rien ; reconnaître
Mes droits...

HENRI

C'est presque rien...

GEORGES

Vous ai-je prise en traître,
Jadis... Que venez vous réclamer...

MARTHE

Un mari,
Un enfant...

HENRI

C'est juste.... Ah ! dites moi, mon chéri,

Est-ce tout ?... On pourrait vous accorder encore
Quelque chose de plus....

MARTHE

C'est tout....

HENRI

Je le déplore
Pour vous.

MARTHE

Riez, Monsieur....

HENRI (*se désignant*).

Le mari, le voilà,
Est-il de votre goût ?...

MARTHE

Monsieur, laissons cela,
Je ne plaisante pas.

HENRI (*regardant Georges, qui est resté absorbé*).

Dieu ! quelle mine noire !
Tu m'as l'air gai, comme un vase lacrymatoire....
Je répondrai pour lui, chère.... Il est retenu
Comme époux, cela doit vous être bien connu !
Ne comptez pas sur lui.... Pour ce qui le concerne,
Voilà tout....

MARTHE

Nous verrons...

HENRI

Cela ne vous consterne
Pas trop....

MARTHE

Et mon enfant...

HENRI

Ah ! votre enfant, très-bien,
Votre dernier amant sera-t-il son soutien ?

MARTHE (*furieuse*).

Je ne vous parle plus... (*à Georges*). Je saurai vous le prendre,
Comme vous l'avez fait...

HENRI

Vous devriez comprendre
Que pour le reconnaître, il le devait aimer !

GEORGES

Marthe, quel souvenir osez-vous exhumer !
Ce jour fatal ne vous brûle pas la mémoire !
Faut-il vous rappeler cette vilaine histoire :
Je voulais vous sauver, malgré que j'eusse vu
Que vous me trompiez.

MARTHE

Bon !

GEORGES

Mais, prise au dépourvu,
Et n'osant pas nier, vous préférâtes suivre
L'autre, et comme un forçat que du bagne on délivre,
Vous sûtes me braver, et ne voulûtes pas
M'entendre....

MARTHE

Eh ! je le sais....

GEORGES

Eh ! bien....

MARTHE

Lorsqu'on est las
D'un joug, on ne veut point le serrer davantage.

GEORGES

Et malgré son enfant, alors on se dégage,
Pour voler au plaisir ... Etait-il si pesant,
Ce joug, pour le briser ?

MARTHE

L'amour agonisant
Se peut-il ranimer ?

GEORGES

Avec du cœur, oui, certe ;
Et pour vous empêcher d'aller à votre perte,
L'enfant eût dû calmer votre amour effréné
D'un plaisir dégradant.... J'eusse alors pardonné !
Je voulais oublier, je vous eusse reprise,
Aujourd'hui, c'est fini, Marthe, je vous méprise !

MARTHE

Ah ! c'est comme cela....

HENRI

Mais, oui...

MARTHE

Je vais briser
Ce qui, plus que mes torts, vous pousse à m'accuser,
Ce mariage !

HENRI

Bon !...

MARTHE

Vous avez cru le faire
Sans entrave.... Aviez-vous compté sans moi...

HENRI

J'espère
Que ce que vous direz ne dérangera rien.

MARTHE (*ironiquement*).

Peut-être on trouvera, même, que c'est fort bien !
Ma proposition n'était qu'une mauvaise
Raison, pour vous railler.... Je suis plus à mon aise,
A présent qu'on m'a dit....

HENRI

Vos dures vérités,
Avouez donc un peu que vous le méritez....

MARTHE

Cela ne me fait rien... Je ne veux pas qu'Armande
Soit malheureuse....

HENRI

Ah ! bast.... Permettez qu'on demande
Où vous avez connu cet ange, vous, démon ?
Vous n'étiez pourtant pas sa compagne, au sermon.

MARTHE

Que vous importe !

HENRI

Bon ! vous voulez faire croire
Que le ciel vous envoie.... Il manque un accessoire,

A ce miracle : c'est une apparition !
Je vous contemple avec une admiration
Qui n'est pas équivoque ; ah ! je n'ai pas de cierge
A brûler pour vous, mais... vous n'êtes pas la vierge.

GEORGES

Allons, finissons en : Madame va partir...

MARTHE

Oui-dà, j'aurais un beau sujet de repentir,
Je veux sauver Armande...

GEORGES

Eh ! sauvez-vous vous-même,
Armande ne veut rien écouter... elle m'aime !

MARTHE

Cher monsieur, vos succès vous rendent un peut fat.
Dites, vous voudriez que quelqu'un étouffât
Ma voix, hein ?...

HENRI

Mon Dieu, non !

GEORGES (*à part*).

Je ne crains rien d'Armande,
Mais, son père rompra... (*haut*). Faut-il qu'on vous demande,
Au nom de notre enfant...

MARTHE

J'entends Monsieur Guiraut,
Je vais tout lui conter, car je ne vois pas trop
Pourquoi vous invoquez le nom de votre fille...

GEORGES (*à part*).

Tout est perdu...

SCÈNE VI

LES MÊMES, GUIRAUT

GUIRAUT (*entrant*).

Partons... les amis, la famille
S'inquiètent d'où vient ce retard prolongé.

MARTHE (*s'avançant vers Guiraut*).

Monsieur, pendant longtemps, je vous ai négligé,
Me reconnaissez-vous ?

GUIRAUT (*étonné*).

Marthe!... Ah! pardieu, ma belle,
Nous ne pouvions penser que vous seriez fidèle
A l'amitié, depuis plus de cinq ans entiers
Qu'on ne vous a point vue... Encor, ces jours derniers,
Armande en a pleuré : Ne pas vous voir près d'elle
Etait son grand chagrin.... Mais, voici l'infidèle,
Nous sommes consolés, car, vous êtes ici
Pour assister, sans doute, au mariage aussi ?

MARTHE

Non Monsieur, je l'avoue, il faut que je reparte,
Je viens pour empêcher....

GUIRAUT

Allons, ma chère Marthe,
Vous ne voudriez pas avec nous vous brouiller.
Armande aura bientôt fini de s'habiller,
Elle se chargera... (*Il va pour sortir*).

MARTHE

Monsieur, je vous assure
Qu'il n'en est pas besoin... et même, la future
Peut quitter sa toilette...

GUIRAUT (*regardant Georges*).

Ah !

GEORGES (*bas à Marthe*).

Marthe, par pitié,
Taisez-vous... Que ce soit au nom de l'amitié,
Si ce n'est pas pour moi...

MARTHE (*à Guiraut*).

Vous donnez votre Armande
A cet homme...

GUIRAUT

Oui .

MARTHE

Fort bien... Son bonheur vous commande
De rompre, croyez-moi, sans tarder d'un instant.

GUIRAUT

Pourquoi ?

MARTHE

Vous a-t-il dit qu'il élève un enfant
Qu'il eût...

GUIRAUT

Oui... J'espérais, pour l'honneur de ma fille,
Que cela s'ignorait, même dans ma famille...

MARTHE

Qu'à votre fille à voir dans cette affaire-là ?

GUIRAUT (*impatienté*).

Eh ! l'enfant est le sien...

MARTHE

Mais alors, le voilà,
L'infâme ! deux fois père, avant son mariage !

GUIRAUT

Comment ?...

MARTHE

Que voulez-vous... C'est bien sûr une rage
De s'arracher monsieur... Je suis... coupable aussi.

GUIRAUT

Vous !

MARTHE

Moi ! C'est pour cela que l'on me voit ici.

GUIRAUT (*d'un ton concentré*).

Vous êtes, cher neveu, décidément infâme !
Ce n'était pas assez d'avoir trompé madame,
Il vous fallait séduire aussi ma pauvre enfant !
(*très-véhément*).
Parlez, parlez...

GEORGES

Mon oncle...

GUIRAUT.

Au moins, on se défend...

GEORGES

C'est inutile : Armande est toujours innocente.
(*Bas à Marthe*).
L'amitié, sur vous, est une chose impuissante.

GUIRAUT

Expliquez-vous, monsieur...

GEORGES

Le seul enfant qui soit
Entre nous, c'est celui de Marthe...

GUIRAUT

Est-ce qu'il croit
M'en imposer encor !

GEORGES

Vous voyez bien qu'Armande
S'est faite coupable...

GUIRAUT

Ah !

GEORGES

Sans l'être !

GUIRAUT

On vous demande
Pourquoi ?...

MARTHE

Moi, je comprends...

GUIRAUT

Dites ?

MARTHE

Elle l'aimait !

GUIRAUT

C'était donc une ruse ?

GEORGES

Oui...

HENRI (*à lui-même*).

Tiens, tiens ! c'est parfait,
Cela marche tout seul.

GUIRAUT (*avec joie*).

Ma fille est innocente !
Ah ! Quel poids vous m'ôtez...

HENRI (*à lui-même*).

Allons pour peu qu'il sente
Que le bonheur d'Armande est là...

GUIRAUT (*à Georges*).

Tout est rompu,
Entre nous, vous savez...

HENRI

Ah ! bast.

MARTHE *avec douleur*).

Mon Dieu ! j'ai pu
Faire cela !

GEORGES

Madame, Armande par ma bouche
Vous remercie, et moi...

MARTHE

Mais, je suis une souche !
Une buse ! Je viens ici pour son malheur !
Oh ! non, je ne veux pas qu'elle ait une douleur
Qui lui vienne de moi... (*à Guiraut suppliant*). monsieur, [veuillez m'entendre,
Pour Armande, soyez un père un peu plus tendre ;
On n'écoute jamais les femmes comme moi,
Monsieur, je vous le dis...

GUIRAUT

Vous, Marthe ! allons, pourquoi ?

MARTHE (*avec effort*).

Parce que je ne suis qu'une femme perdue !
(*Guiraut s'éloigne un peu d'elle*).

GUIRAUT

Ah !

MARTHE

C'est honteux, à dire !... Oui, je me suis... vendue !
Vous voyez bien que l'on ne peut pas m'accorder
De confiance...

GEORGES (*à part*).

(*Haut, à Guiraut*).

Bon ! voulez-vous accéder
A mes désirs...

GUIRAUT

Non pas.

GEORGES

Vous aimiez bien ma mère,
Mon oncle !

GUIRAUT

Oui !

GEORGES

Vous allez lui causer une amère
Douleur, là haut...

GUIRAUT

Comment ?

GEORGES

Oui, je vais épouser
Marthe !

GUIRAUT (*se récriant*).

Oh ! Je ne veux pas...

GEORGES

Vous ne pouvez user
De votre autorité : je suis libre et mon maître !
Allons, Marthe, suis-moi...

GUIRAUT

Tu ne peux méconnaître
Celle...

GEORGES

Je n'entends rien.

GUIRAUT

Tu te repentiras.

GEORGES

Peu m'importe !

GUIRAUT (*à part*).

C'est qu'il me met dans l'embarras.
(*Haut*).
Tu veux l'épouser...

GEORGES

Oui.

GUIRAUT

Même si je te donne
Armande ?

MARTHE

Non, alors.

GEORGES

Est-ce vrai ?...

GUIRAUT

Je pardonne !

MARTHE

Je pars, le cœur content... Georges, permettrez-vous
Que quelque fois je voie, en cachette de tous,
Ma fille... (*Georges lui tend la main*).
(*Plus bas*). Et puis, plus tard, rendez-moi votre estime...

HENRI

Le repentir l'acquiert entière et légitime.

MARTHE

Adieu ! mais, la voici... (*elle baisse vivement son voile*).

SCÈNE VII

LES MÊMES, ARMANDE, Mme GUIRAUT

MARTHE (*à part*).

Qu'elle est belle ! Oh ! rougir
Devant cet ange là !... Comme il pourrait surgir
Encor quelqu'incident, je pars.
(*Marthe sort*).

SCÈNE VIII

LES MÊMES, MOINS MARTHE

Mme GUIRAUT

Armande est prête.

GUIRAUT

Elle peut de nouveau refaire sa toilette.

Mme GUIRAUT

Pourquoi ?

GUIRAUT

Vous avez vu cette femme qui sort ?

ARMANDE

Quelle est-elle ?

GUIRAUT

Par un étrange coup du sort,
C'est la mère de ton enfant...

ARMANDE

Pardon, ma mère,
De t'avoir si longtemps fait souffrir.

Mme GUIRAUT (*avec joie*).

Ah ! j'espère
Que tu vas te changer pour la dernière fois
D'aujourd'hui...

HENRI (*gaîment, frappant sur l'épaule de Guiraut*).

Cupidon n'est qu'un petit sournois !

Pithiviers, Imp. CHENU.

www.ingramcontent.com/pod-product-compliance
Ingram Content Group UK Ltd.
Pitfield, Milton Keynes, MK11 3LW, UK
UKHW022126260726
13993UKWH00003B/1257